Un personnage de Thierry Courtin
Couleurs : Françoise Ficheux

Loi n° 49-956 du 16 juillet 1949
sur les publications destinées à la jeunesse.
© Éditions Nathan, 2011.
ISBN : 978-2-09-253154-9
N° d'éditeur : 10183297
Dépôt légal : janvier 2012
Imprimé en Italie

T'choupi
aime sa nounou

Illustrations
de Thierry Courtin

Nathan

La journée d'école est finie.
La maîtresse dit à T'choupi :
– Tu te souviens que c'est
ta nouvelle nounou qui vient
te chercher aujourd'hui ?
– Oh non, je veux ma maman !

– Bonjour T'choupi !
C'est moi, Clara...
T'choupi boude.
– Allez viens, dit Clara,
je t'emmène au parc...
et n'oublie pas ton doudou !

Au square, Clara sort le goûter.
– Miam-miam, mes gâteaux
préférés ! s'écrie T'choupi.

T'choupi s'amuse comme
un fou sur le toboggan.
– Tu as vu comme je descends
vite ?
– Bravo T'choupi !

Quand il arrive à la maison,
T'choupi est tout fier :
– Viens voir ma chambre,
j'ai plein de jouets !

– Maintenant, T'choupi,
c'est l'heure du bain !
– Tu peux m'aider à enlever
mon tee-shirt ?

– Oh, T'choupi, on dirait
que tu as de la barbe !
– Hi hi, tu m'as mis
de la mousse partout…

Clara a une idée.
– Et si on faisait de la pâte
à modeler en attendant
ton papa et ta maman ?
– Oui, je vais leur faire
une surprise !

Ding-dong ! Mais qui voilà ?
– Papa, maman, je vous ai fait
un cadeau.
– Oh merci, T'choupi,
quel joli petit lapin ! On dirait
que tu t'es bien amusé ?

– Oui, et demain, je ferai
un autre lapin pour Clara !